Unterhaltsam und heiter

Albert Guggemos

Unterhaltsam und heiter

Franz Brack Verlag, Altusried

Umschlag und Illustrationen: Eberhard Neef
ISBN 3-930323-08-7

1. Auflage

Unterhaltsam und heiter

Zeit ischt halt it schtande bliebe,
drum hau über viel, wo's passt,
manchs Gedichtle i mea g'schriebe,
und mei zweites Buech verfasst.

Unterhaltsam, vielfach heiter,
schtellt es dar die krumme Welt,
wünscht, daß es als Wegbegleiter
herzerfrischend wirkt und g'fällt.

Drum: Ischt amol bei Dir nix los,
lueg in a Buech vom „Guggemos".

INHALTSVERZEICHNIS

Vom Allgäu

Es suecht dr Mensch für d' Urlaubszeit
a Ziel, wo's was zum Seache geit,
wo d' Landschaft g'föllt, sich d' Leit verschtandet,
dr Grund, daß viel im Allgäu landet.
Do ischt willkomme jeder Gascht,
drum will i aus Verpflichtung fascht
mol übers Allgäu d' Leit belehre,
uib Lag und Name kurz erkläre.

Es schtellet d' Alpen d' Südgrenz dar,
dr Lech grenzt's öschtlich ab, ganz klar,
vo Landsberg, Mindlheim bis Wange
denkscht dir als Grenz an Schtrich, an lange,
und schließle schtöllt dr Bodesea
im Weschte die Markierung hea.
Des war die Lag, jetz will i's wage
o übre Name ebbas sage.

Die Silbe „All", Dir liebe Leit,
schtoht für Alpweiden, die's viel geit,
wo 's Vieh im Sommr 's Fueter findet,
um d' Alphütta sich Bächla windet.
Die zweite Silbe heißt noch „gäu",
sie set als Kurzform für „Geäu",
daß Auen, Fluren, Sea do lieget,
die lieble sich an d' Berg naschmieget.

Bis 1850 fascht gnau
lebt die Region vom Flachsanbau.
Noch dem ka d' Milchwirtschaft eiziehe,
bringt langsam des Gebiet zum Blüehe.
Und seit die Menschheit ischt mobil,
ischt viel Leit 's Allgäu Reiseziel,
wo kommet, Kraft bei eis zum tanke.
Für des wend mir 'm Herrgott danke.

Hoimat

Mir deand so oft vom Heimatoert
oh' überlege schwätze,
und wisset d' Tragkraft vo dem Woert
meischt gar it recht zum schätze.

Zuviel ischt Selbschtverschtändlichkeit,
daß manch's mir it empfindet,
was eis geheimnisvoll all Zeit
so schtark an d' Hoimat bindet.

Earscht wea mol in dr Fremde war,
hot's gschpüert und ka's o wisse,
was wirkle heißt, amol a bar
Johr d' Hoimat zum vermisse.

Do wo die Kinderjohr ma all
und d' Jugend durft erlebe,
die Umwelt weard in jedem Fall
am Mensch all Zeit was gebe.

Hoimat, des heißt verbunde sei
zum Brauchtum, des ma pfleget,
wo Lied und Musig zweifelsfrei
dir Herzenswärme gebet.

Des Landschaftsbild, so wohlvertraut,
loßt schtets a Bindung schpüere,
und wea aufs Elternhaus z'rugg schaut,
kommt sicher ins Sinniere.

Zwar trifft o viel a Schicksalsschlag
wo d' Hoimat oin verbindet,
doch leichter trägscht a schwere Lag,
wo andre mitempfindet.

Es wirkt dea Fleck schtets positiv,
was Herz und Gmüet begeischtret,
so daß ma 's Lebe, Hoch und Tief,
do doch am beschte meischtret.

Hoimat, des soll Idylle sei,
für Mensch und Tier a Bleibe,
Wertschätzung, ma ka's zweifelsfrei
als liebenswert beschreibe.

Kraft schenkt sie samt Geborgenheit
und Halt fürs ganze Lebe,
drum woll mer sie in Dankbarkeit
bewahre und o pflege.

Allgäuer Wörterbüechle

Im Allgäu pfleget mit Respekt
no viele Leit de Dialekt,
und trotzdem isch noch meim Empfinde,
manchs Wort inzwische am Verschwinde.

Drum soll des Versle, sei's au klei,
für d' Leit a kleiner A'schporn sei,
daß sie auf eiser Mundart hebet
und alte Wörter wieder pfleget.

Dr Kopf, zum Beischpiel, heißt dr Grind,
gschterrgrindig sind it bloeßig d' Kind,
sescht Bilmes, duesch di it blamiere
und wea nie denkt, dea hot koi Hiere.

A Gischpl, des isch meischt a Ma,
den ma it earescht nimme ka,
wenn 's Weib viel redd, no hots a Waffl
und unsolid isch meischt a Raffl.

A gschlampets Häs, des isch a Gschlöf,
und Taufe isch bei eis a Döf,
wea gschimpft weard machet meischt a Mutte,
vom Euter d' Zitze isch a Dutte.

An Dreißer heißt ma so an Ma,
wo lagg isch und it rede ka,
weard für di aufg'schpielt, kriegscht a Schtändle,
isch 's Kind beleidigt, machts a Pfänndle.

Dr Drielar weiß it was a will,
am Pfripflar glingt it allzuviel,
a Wuehlar duet si selber schinde,
an Kerle will jeds Mädle finde.

A Mädle isch als Föhl bekannt,
a Pflotter, wenn se z'guet beinand,
und isch die Sell koi bsonders brave,
no isch a Lueder oder Hafe.

A Grattl, des sind gschpreizte Füeß,
hoscht Gluscht, bisch scharf auf ebbes Süeß,
a Hausschue war amol a Batsche,
und 's Weib wo d' Leit ausricht a Ratsche.

Dr Duserottlar isch a Tanz,
a Boater isch dr Rosekranz,
a Hex geits auf ar Milch, ar heiße,
und d' Finger kannscht au Doape heiße.

Jetz mach i Schluß und wünsch, daß prompt
manchs Wort mea in Erinnrung kommt.
Und duet die Wörter oir benutze,
no wär des Versle gar vo Nutze.

Pfundig

Manchmol ischt es kaum zum globe,
will dr Allgäuar was lobe,
noche setzt er zwischenei
gearn des Wörtle pfundig ei.

Pfundig heißt soviel wie nett,
zünftig, wie ma's geare hätt,
war was bsonders orginell,
set ma pfundig an der Schtell.

Ka des Wort im allgemeine
nicht als Gwichtseinheit erscheine,
so verleiht's beschtimmt und schlicht
dem Besagte Rang und Gwicht.

Isch zum Beischpiel a jungs Mädle
lieb, natüerle und schtets redle,
isch normal, daß ma sie meischt
kurzum a Pfunds-Föhle heißt.

O a Bue weard u'willküerle,
wenn er freundle und natüerle,
hilfsbereit sich it lang ziert,
als Pfunds-Kerle tituliert.

Pfundig ka a Musig klinge,
und wenn's gsöllig ischt beim Singe,
ka's beim Bier und o beim Wei
richtig schea und pfundig sei.

Findt ma's Esse guet und mundig,
noche schmeckt es oifach pfundig.
Und des Versle, hoff i schlicht,
findet d' Leit a Pfunds-Gedicht.

D’ Johreszeite

Früehling, Sommer, Herbscht und Winter
sind bekannt als d’ Johreszeit,
recht viel Sinn schteckt do derhinter,
drum bewegt des alle Leit.
Es hand all vier Johreszeite
ihren Platz im Johresrund,
was sie bringet und bedeutet
geit zum „Nochsinniere“ Grund.

‘s Früehjohr bringt eis nuies Lebe,
frische Kraft belebt d’ Natur,
wachse, blühe, aufwärts schtrebe
krönt jetz jede Kreatur.
Und dr Mensch lebt d’ Jugendjährle
so, als wärs a Früehlingsschpiel,
Zeit zum „Wachse“ ischt des ehrle,
denn ma suecht no Weg und Ziel.

Sommer, des ischt d’ Zeit dr Reife,
was do blüeht hot, mueß vergau,
weil bloeß so, kaum zum begreife,
Frucht und Same ka entschtau.
Lebenssommer ischt die Zeit noch,
wo ma ganz im Lebe schtoht,
voller Kraft an Leib und Geischt, doch
zielbewußt, egal wie’s goht.

Zeit zum Ernte und zum Danke
ischt dr Herbscht im wahrschte Sinn,
wie mir lenket o d' Gedanke,
in dr Frucht liegt earscht dr G'winn.
Lebensherbscht kasch 's „Alter" nenne,
wo die Pflichte sind erfüllt,
wo Erfahrung und Erkenne
's Lebe krönt und Wunschträum schtillt.

D' Winterzeit schpielt o ihr Rolle,
denn dr Schnea deckt alls schea zue,
so ka sich d' Natur verholle,
und dr Bode kommt zur Rueh.
Goht dr Lebensherbscht zur Neige,
war's it sinnlos für de Chrischt,
denn im Globe weard sich zeige,
wo dr nuie Früehling ischt.

Am Äschrige Mickte

D' Fasnat isch für huir mea rum,
do und det siehsch no a Drum
vo de Maschgrarsache liege,
bloeß de Kater, der verbliebe,
sieht ma it, doch ploget dreischt
dea oin wie a beaser Geischt.

Auf dr Schtieg leidt 's Hexehäs,
obadruff vom Clown a Näs,
Wollperücke, Ringlsöckle
und aus Bascht a Negarröckle,
's Bruschtgschier vo ar Südseefrau,
Mensch, isch des heit a Verhau.

's Cowboyleible isch ganz hie,
's meischte sott in d' Wäschmaschi,
d' Ritterrüschtung isch verschunde,
und a Huet glei ganz verschwunde.
D' Seemannsuniform voll Dreck,
und die letschte Mark isch weck.

Gott sei Dank isch d' Fasnat aus,
bald herrscht Ordnung mea im Haus,
noch dem Tanze, Jucke, Haschte,
sott ma denke jetzt an d' „Faschte".
Schpaß und Earescht, beids mueß sei,
's nägscht Johr simmr mea derbei.

Palmbosche

Die Faschtezeit ischt bald mea aus,
es schtandet d' Kartäg scho ins Haus,
und dr Palmsonntag als Epoche
eröffnet scho mea d' Osterwoche.

Im Brauchtum hot dea Tag scho lang
aus Tradition an bsondre Rang,
trotz Wohlstand hand sich viele alte
und scheane Bräuch bis heit erhalte.

No fescht verbreitet und bekannt
sind Palmezweig in eiserm Land.
Schea bunde sollet noch 'm Weihe
sie 's Haus voer Not und Blitz befreie.

Weil ma bei eis koi Palmzweig findt,
ma schlichte Helseschtaude nimmt.
Vier Woche voer muesch di scho müehe,
sie sollet bis Palmsonntag blüehe.

Neun Kräutle müeßet dinna sei,
die sammlescht d' Woche voerhea ei,
und hoscht noch jede Zweigart gfunde,
weards zu am Bosche zemebunde.

Es schtellet d’ Buxzweig ‘s Lebe dar,
und d’ Eibe ‘s Urgehölz fürwahr.
Weißtanne schtoht fürs Edle, Scheane,
Wachholder soll de Fuhrleit deane.

D’ Weghalfter schtoht für d’ Lebensfreud
und ‘s Buechelob - Vergänglichkeit.
D’ Rotfichte will auf d’ Hoffnung deute,
Palmkätzle d’ Gsundheit wend bedeute.

Als letschtes schtoht dr Seaver wohl
für Glück und Reichtum als Symbol.
Noch wearet sie, hoscht des alls gfunde,
mit trennte Fichtewurzle bunde.

Zum Binde derf ma auf koin Fall
an Droht verwende und Metall,
denn aus Metall, so ka ma lese,
ischt ‘s Marterwerkzeug Christi gwese.

A Arbat ischt die Binderei,
drum schpringt die ganz Famille ei.
‘s ganz Haus ischt schtolz, wenn sie schea glinge
o d’ Buebe, die’s zum Weihe bringet.

„Derbei sei“ bei dr Prozession
ischt für die Müeh a kleiner Lohn,
und weil ma’s it grad ka verschinke,
de Träger duet a Sackgeld winke.

Ischt am Palmsonntag d' Kirche aus,
packt jeder d' Palme und schpringt naus,
denn koiner will, um des zum kläre,
als letschter dr Palmesel weare.

Noch kofet's d' Leit, so wie nes gfällt,
viel hand's scho voer beim Buebe bschtellt.
In d' Wohnung und in Schtal, in warme,
kommt an dem Tag a frischer Palme.

Ischt des, was d' Alte saget wohr,
no soll ma an dem Tag jeds Johr
drei gweihte Palmkätzle verschlucke,
no däb oin nie koi Halswea drucke.

Schtoht a schlimms Wetter überm Haus,
reißt ma an Zweig vom Palme raus,
duet ihn im Heard no glei verbrenne,
no braucht ma um koi Fuirwehr renne.

Verschtändle, wenn ma des alls heart,
daß so a Palme hochgschätzt weard.
A Brauch, dea d' Buebe schtets ereifret
und d' Osterzeit enorm bereichret.

April, April

Wenn dr Schnea eis längscht beschwerle
und vertleidet, mehr und mehr,
wenn's kalendermäßig ehrle
eigentlich scho Früehling wär,
nocha kommt mit Schnea und Rege
erscht amole dr April,
ob derfür bischt, ob dergege,
er duet trotzdem was er will.

Meischt duet er sich launisch zeige,
naßkalt, regnerisch und wild,
g'hörig Schneibar sind ihm eige,
bald druff isch mea schea und mild.
Berg und Täler tief verhange
und dr Himml dunklgrau,
ischt a Viertlschtund vergange,
zeigt er sich mea hell und blau.

Blitze duets und kitzebolle,
des ischt im April normal,
manchen Daurar heart ma grolle,
'S weard oim manchmol fascht zur Qual.
Derfscht halt wege dem it klage,
denn dr Wintereifluß schwindt,
schließle geit er sich doch g'schlage,
weil dr Früehling doch no g'winnt.

‘s Johr ischt wie a Menschelebe,
d’ Jugend ka rebellisch sei,
dr April nimmt u’verlege,
d’ Rolle vo dr Jugend ei.
Schpäter findt sich in dr Regl,
beides wieder, ‘s Johr und d’ Leit,
jung schteigt alls voll Schwung in d’ Segl,
so weards bleibe alle Zeit.

Früehling heitzutag

Wenn d’ Sonne wieder heacher schtoht
und schtill dr letschte Schnea vergoht,
wenn d’ Eisverkäufer d’ Kind healocket
und d’ Leit im Biergarte mea hocket,
wenn mea auf Pflaschter gmoelet weard,
ma laut im Garte d’ Radio heart,
wenn d’ Mountenbikes alls überrollet
und Teens mea d’ Miniröck raushollet,
dr Macho fährt im Cabrio
und laut d’ Motorräder in Groh,
daß es für Mensch und Tier a Plag,
noch ischt es „Früehling heitzutag“.

Mit ‘m Rad in Früehling

Noch der Winterzeit, der kalte,
war’s mea ‘s earschtmol warm und schea,
do hand d’ Föhla mi a’ghalte:
Papa, richt doch d’ Räder hea.

Bald druff bin i nauf uff d’ Dille,
schleif die Kärre müehvoll ra,
richts mea hea, due Luft nochfülle,
daß ma recht bald schtarte ka.

Jetze fahr i mit de Mädla,
peile a an scheane Wald,
noche schteig mer a vom Rädla,
machet auf am Bänkle halt.

D’ erschte Bleamle kascht bewundre
in dr scheanschte Blüetepracht,
bunte Schmetterling, ganz bsondre,
flattret rum wenn d’ Sonne lacht.

Biena summet ganz versesse,
sammlet eifrig Blüeteschtaub,
d’ Vögl pfeifet unterdesse,
Bosche bringet ‘s erschte Laub.

I verzöll und due erkläre
Tier- und o die Pflanzewelt,
deutle schpüer i beim Belehre
wie's die Kind in Atem hält.

Voller Fred und rundum z'friede
radlet mir mea hoim mitnand,
hand des Plätzle u'gearn gmiede,
denn es war so intressant.

Endle noch dohoim a'komme,
hot a jedes no sei Freid,
drum isch o die Frog glei komme:
Papa, hosch bald wieder Zeit?

Koi schlechter Tausch

Sei Zeugnis bringt dr Wendelin,
doch leider hot dea Bengl
an Fünfar und an Sexar din,
drum weard recht g'schimpft dea Schlengl.

Bald druff duet noch dr Vattr g'schpannt,
auf d' Lottozahle basse,
doch für an „Zweier" es bloeß langt,
er knurrt und ka's it fasse.

Do set dr Bue, i weiß an Roet,
due mir dein Zweier boerge,
du nimmscht mein Sexar, dea do schtoht,
noch sind mir loes all Soerge.

Wissensdurscht

D' Frau Mosar hot an nette Bue,
dea fleißig ischt und g'scheid derzue,
mit dem ischt sie earscht neule g'loffe
und hot derbei de Lehrar troffe.

Sie hand a Weile g'schwätzt mitnand,
dr Lehrar moit, 's wär intressant,
ihr Bue macht mit, des ischt grad schea,
wo hot den Wissensdurscht er hea?

Do überschlöt si d' Mueter schier.
Des Wissen hot dr Bue vo mir,
de Durscht mueß leider i verdamme,
dea ka o bloeß vom Vatter schtamme.

Belehrung

Dr Rudi ischt in Unterricht
a Schtündle z'schpät dra g'wese.
Dr Lehrar macht a grausigs G'sicht
und schimpft de Bue, so goht es nicht,
duet ihm d' Leviten lese.

Wie ihn dr Lehrar gar so schmächt,
set er mit guetem G'wisse:
Mir kommt es vor, sie sind verdreht,
zum Learne ischt es gar nie z'schpät,
des sott a Lehrar wisse.

Literatur

A Mensch mit Bildung und Format,
so will's dr Lehrer lehre,
dea ka sei Wisse in dr Tat
mit Büecher schtets vermehre.

Drum preist er hoch d' Literatur
und frogt im Ton, im heitre,
de Klaus, ob's Büecher hot dohoim,
um d' Bildung zum erweitre.

Dr Klausi schwärmt, des ischt doch klar,
vo Neckermann und Quelle
hand mir de Katalog, sogar
a Faxbuech ischt zur Schtelle.

It viel hie

Dr Lehrar lofft 'm Schuelhaus zue
und trifft derbei vom Bäck de Bue,
dea fährt grad frische Bretzga aus,
dr Lehrar nimmt sich zwei Schtuck raus,
er will glei zahle, ois, zwei, drei
und merkt, daß er koi Geld derbei.

Bezahlets moerge, set dea schlicht,
de Lehrar aber druckt jetz d' Pflicht.
Er set: Nimms it 'm Geld so leicht,
es könnt ja sei, daß i vielleicht
schoe moerge früeh gar nimme leb,
noch goht dir glatt des Geld derneb.

Do lacht dr Bue und set noch bloeß:
„Do wär dr Schade gwieß it groeß."

Wie verklärt

Wie sie ganz kurz mol rauskomme sind,
waret se trimslig, ja momentan blind,
hand fuirroete Oge, an Blick wie verklärt,
loshoerig, hand 's eigene Woert nimme gheart.

Loffet verschtört, wie bsoffe im Kreis,
mit schlottrige Knie und dämpfig vom Schweiß,
grasgrea und benomme, es surret dr Grind,
oi hebet verkrampft no a Glas in de Händ.

Do schtandet se jetz wie hypnotisiert,
noch sind se mea nei, weil dohuß nix passiert
und schwärmet, dr Charly, dr Joe und Franzisco:
Endle a „affengeile" Disco.

Genieße

Wenn d' als Mensch geboere wearscht,
nocha ischt es ois vom earscht,
daß a Gschrei geit schoe in Bälde,
weil dr Hunger sich duet melde.

Waxt ma noch so langsam hea,
ka ma schoe vo weitem seah,
was oim 's Esse so bedeutet,
wenn des viele o beschtreitet.

Denn es ischt ja gar koi Frog,
was ma ißt kommt auf dr Woog
und an Umfang, Bauch und Krage
für jeds Oga klar zum Trage.

Drum macht manchem des Malheur,
wea gearn ißt, ischt meischtens schwer,
oder ma mueß schtets entbehre,
und wea duet des scho so geare.

Also, hot ma zuviel G'wicht,
a Wohlschtandsbauch verschandlet nicht,
und i mecht behaupte derfe:
Wea beleibt ischt, hot o Nerve.

Wea gearn ißt, ischt ohne Bluff
meischtens z'friede und guet druff,
denn er hot mehr Schpaß am Lebe
und weard sell o geare gebe.

Drum mecht i, des sag i frei,
nie a Vegetarier sei,
due mir 's Lebe it vermieße,
weil i Schpaß hau am „Genieße".

Bloeß bei dem, dea recht genießt,
echte Lebensfreude schprießt,
wea's nicht ka, loß di belehre,
weard bald ungenießbar weare.

Automate

‘s zweit Johrtausend goht zur Neige,
‘s „dritte“ schtoht schoe voer dr Tüer,
Supertechnik ischt eis eige,
trotzdem isch viel hintrfier.

D’ Welt schteckt voller Technokrate,
nix geits, was it machbar wär,
drum verdränget d’ Automate
übrall d’ Mensche mehr und mehr.

Brauchscht heit bloeß a Zugbilettle,
geit koi Schaffnar dir an Roet,
so an Apparat muesch bettle,
wo in am Betonklotz schtoht.

Zearscht schtudierscht in deim Intresse
wie des goht, druckscht rum und num,
hoscht gar d' Brille no vergesse,
keahrscht am beschte glei mea um.

Fährscht ins Parkhaus, froischt di prächtig,
brauchscht schoe fascht an Kurs, o Graus,
bischt der Technik du it mächtig,
kommscht zwar nei, doch nimma raus.

Fehlts am Moos und de Moneten,
kriegscht bei Bank des per Maschi',
doch du kommscht an die Peseten,
wenn di dumm schtellscht, gwieß it hie.

Mit Getränkeautomate
hoscht oft o dei liebe Noet,
denn dea schluckt zwar die Dukate,
hoscht noch Pech, schtellt er sich doet.

An dr Wand im Wirtshaus-Häusle
kriegscht „Verhüterla“ grad gnue,
sicher geits a „Sexy-Mäusle“
schoe auf Knopfdruck bald derzue.

's Käsbrot aus 'm Schubfach holle,
Steaks per Knopfdruck weards bald gea,
Gummipommes zum dra Nolle,
i frog bloeß, ischt des no schea.

Im Suprmart bischt längscht a Nummr,
hoscht mit „Sueche“ bloeß a Gschear,
frogscht noch „oine“ in deim Kummr,
sind se meischtens no recht sear.

Früehner war dr Kunde König,
do warscht g’schätzt und eschtimiert,
heit zöllt ‘s Menschliche no wenig:
Was duet dea, wo’s nimm kapiert?

Döktr geits o bald per Dose,
PC-Arzt heißt des Konzept,
sag wo’s zwickt, die Diagnose
kommt per Maus-Click samt Rezept.

Z’letscht erfährt ma bald per „Hotline“
wie’s im Jenseits weard mol sei.
Des wär schlimm, noch kämet bloeß no
„Technikfreaks“ in Himml nei.

Mei Cabrio

All Johr wenn's Früehling weard und warm,
wo all mit Fred druff wartet,
hol i mea raus mein groeße Schwarm:
Mei Cabrio weard g'schtartet.

I fahr druff los und bin guet drauf,
do isch a Fred zum Sitze,
und gohts amol recht schteil bergauf,
kommet mir beid ins Schwitze.

Do pfeift dr Wind so schea um d' Näs,
und 's ischt it umweltschädle,
denn 's hot ja bloeßig oi PS
und isch ganz schlicht mei „Rädle".

De Meetag hau i dick

Wenn ma wuehlet die ganz Woche,
schtrapaziert de Geischt und d' Knoche,
froibt ma sich mit Herz und Händ
auf a riebigs Wocheend.
Des duet guet, wenn d' schea vergruebescht,
doch, no voer du richtig luegescht,
kommt dr „Sonntag-Obet-Knick“,
denn, de Meetag hau i dick.

Sonntag-Obet kascht vergesse,
meischt schoe schmeckt mir nimme s' Esse,
denn dernoech, desch gar it schea,
richscht de Gruscht für d' Arbat hea.
Hose, Hemmat, Arbatskittl
und a Geld, denn ohne Mittl
hoscht fürs leible Wohl koi Glück,
Mensch, hau i dean Meetag dick.

Z'naggs tätscht gearn no Fernseh luege,
doch ma mueß bei Zeite gruebe,
denn ma sott, i siehchs ja ei,
z'moerges mea a Kerle sei.
Drum gohscht noch bei Zeit in d' Falle,
doch, oft deand sich d' Hitza walle,
schloefscht um ois, noch hoscht a Glück,
Mensch, hau i dean Meetag dick.

Willscht noch in deam Gram, deam tiefe,
zu deim Weib ins Bett neischliefe,
noche heißt es zu deir Qual,
sag jetz Ma, bischt no normal?
Gib a Rueh, i mecht jetz rueßle,
moen isch Meetag, do heißts fueßle.
Do hilft noch koi Bitt und Trick.
Mensch, hau i dean Meetag dick.

Schloefscht no endle, weards vermasslet,
weil schoe bald dr Weckar rasslet,
und ganz hie und blass um d' Näs,
schluifscht noch in dei Arbatshäs.
Bischt an Arbeitsplatz voerdrunge,
kommet 20 auf oimol g'schprunge,
jeder braucht dei Hilf und Gschick.
Mensch, hau i dean Meetag dick.

Gschwinder als i sell ka globe,
ischt dr Tag und d' Zeit verfloge,
ja, voer i zum Denke kumm,
ischt dr Meetag schoe mea rum.
Und vo do weck, schtets aufs neue,
duets aufs Wochenend mi freue,
doch, am Sonntag kommt dr Knick,
denn de Meetag hau i dick.

Schtändiger Begleiter

Kommscht du bei eis in d' Dörfer nei,
und sind sie oftmols no so klei,
no heart ma scho vo aller Weite
vom Kircheture d' Glogge leite.

Es isch doch d' Kirche, wie's mi dunkt,
vo jedem Dorf dr Mittlpunkt,
und 's Ortsbild, des isch zum erwäge,
duet d' Kirche ganz entscheidend präge.

Sie schtöllt so schea am jede frei,
ob er vorbei will, oder nei,
dr oi, dea kommt bloeß kurz zum Schaue,
dr andr will si dinn erbaue.

I glob, für viele, die i kinn,
hot d' Kirche scho an tiefre Sinn.
Sie ischt auf eiser Lebensleiter
so viele schtändiger Begleiter.

Kaum hoscht du 's Licht der Welt erblickt,
no isch für d' Chrischte klar und gschickt,
daß sie die Kind, no vor sie schpringet,
in d' Kirche nei zum Döfe bringet.

Zur Schuelzeit gheart für Föhl und Bue
zum Alltag d' Kirche no derzue,
weil Schuel und Kirche d' Bildung mehret
und eis a sinnvolls Lebe lehret.

Fascht jeder rechte Bue, den d' findscht,
schtöllt gern sich dem Minschtrante-Dienscht,
und vielerorts deand heit o d' Föhle
des Amt als Lausbue Gottes wähle.

Ob erschte heilge Kommunio,
ob Firmung und Konfirmatio,
oh' d' Kirche täts im junge Lebe
die scheanschte Feschtle gar it gebe.

Findscht du an Mensch, dea lieb und echt
mit dir dur's Lebe gange mecht,
no gheart sichs, wenn ma Hochzeit feiret,
daß ma o vorhea kirchlich heiret.

Doch mueß a Fescht it Anlaß sei,
wea globt, dea goht o so oft nei,
ka bei Bedarf sei Herz ausschütte
und schtill de Schöpfer um was bitte.

Und o beim allerletschte Gang
begleitet eis dr Glockeklang.
'

s letscht Plätzle, wenn mir do verschwindet,
mir neb dr Kirch im Friedhof findet.

Wie arm isch doch a Mensch bloeß dra,
dem d' Kirche nix mea gebe ka.
Soviel sind heit dervo betroffe
- A Lebe ohne Sinn und Hoffe -.

Bedingung

Die Resi und dr Ferdinand,
sie gand scho fascht zwei Johr mitnand,
drum will's dr Ferdl endle woege,
dohoim um Resi's Hand zum froege.

Doch d' Resi fürcht si voer dem Schritt,
sie set, du kennscht mei Mueter it,
des ischt koi Feine, loeß dir's sage,
die könnt di leicht vom Haus verjage.

Dr Ferdl denkt, voer d' hoimgschickt wearscht,
froegscht lieber moel de Vatter zearscht.
Er set: I mag die Res so geare,
drum will dei Schwiegersohn i weare.

Dr Vatter schtieret voer si na,
noch lueget er des Mannsbild a
und set noch längrem Überlege,
sie weard dei Frau, du hoscht mein Sege.

Sie kriegt an scheane Batze Geld,
doch oi Bedingung weard glei gschtellt.
Du muescht, und do geits koi Entrinne,
glei d' Schwiegermueter zu dir nimme.

Hochzeitswünsch

Wenn zwei junge Leit sich findet
und am Traualtar noch bindet,
ischt fürs Brautpaar und für d' Gäscht
gwöhnle des a bombigs Fescht.

D' Braut, sie schtrahlt im Kleid, im tolle,
er hot o, was er hot wolle,
und sie träumet Hand in Hand
jetz vom Glück im Eheschtand.

Soll die Ehe aber glinge,
müeßet beid de Wille bringe,
daß die Zeit für Weib und Ma
o harmonisch weare ka.

Er sott halt it bloeßig „saufe"
und nimm jedem Schurz nochlaufe,
zuviel schaffe taugt o nicht,
denn sonscht leidet d' Ehepflicht.

's Weib derf it bloeß an sich schmiere,
in Butika rumfagiere,
it bloeß voer m Schpiegl schtau,
denn des ka koi Mannsbild hau.

D’ Johr doch wearet des schoe schissle,
wenn jeds noechgeit, bloeß a bißle.
Meischtens halt ischt des dr Ma,
denn dr „G’scheidr“ geit halt no.

D’ Brautmuetr, die denkt voll Soerge
an ihr Tochtr und an Moerge.
Hoffentlich weard mol dr dei
it a Laggl wie dr mei.

Dr Vattr, dea siehcht u’verdrosse
de Schwiegersoh als Leidgenosse.
Schtill er mit si selbr lacht:
„Wearsch schoe seah, was aus dir macht!“

Eiser Glück

Wenn du als Ma heit „in“ sei willscht,
no derfscht di it scheniere,
daß o als Hausma d’ Pflicht erfüllscht,
sonscht kascht leicht ‘s G’sicht verliere.

Heit schtandet d’ Weiber ihren Ma
in alle Gsellschaftsschichte,
und Männer sind im Haushalt dra
mit völlig nuie Pflichte.

Zu eiserm Glück loßt sich d’ Natur
it ohne weitres biege,
sonscht müßtet mir zur Hausmannsschur
gwieß bald o d’ Kind no kriege.

Extra gwarnt

Zum Sepp set ‘s Weib am Voermittag
verärgret und betroffe:
I schpring und schufte ohne Klag,
und du bischt, was i gar it mag,
am Moerge früeh schoe bsoffe.

Do set dr Sepp, dr Arzt isch schuld,
dergeg ka i it schwimme.
Wie i d’letscht Woche war bei ihm,
hot er mi gwarnt, die Medizin
derfscht niemols nüchtern nimme.

Dr Eikaufsbumml

Scho wocheweis in oinem Drum,
do bohret ‘s Weible in mir rum,
ma sott noch Kempte fahre.
Im Kaschte hanget lauter Schund,
i schäm mi mehr vo Schtund zu Schtund,
drum ka dr’s it verschpare.

Es waxet d’ Kind aus allem naus,
und sui will o mol aus ‘m Haus,
sie häb’s e’ lang gnue gschobe.
I denk, weil i’s nimm heare ka,
es geit halt mea dr Gscheidr no,
so mueß i’s halt mea globe.

Mir hocket all ins Auto nei,
in Kempte wear mer glei mol sei,
an Schtau halt kois für mögle.
Doch schtandet mir do glei a Schtund,
nochdem, do gohts in Kempte rund,
vor Leit isch unerträgle.

Doch d’ Weibsleit sind im Element,
hand jedes Trum in ihre Händ,
deand mit Begeischtrung gruschte.
I schleif, was sie sich ausgsuecht hand
als Kleiderschtänder umanand
und mueß scho halb verdurschte.

‘s erscht Kaufhaus ischt jetz absolviert,
doch wie ma ‘s nägschte a’visiert,
isch mir die Sach vertleidet.
I sag bloeß, kofet dir guet ei,
i trink a zwei, drei Schöpple Wei,
bis dir uib fertig kleidet.

Sie kommet endle noch zwei Schtund,
d’ Händ voll Scharmitzl, groeß und bunt,
und ‘s Geld isch duß, verschwunde.
Als erschtes froget ‘s Weible a,
hoscht no 50 Mark, i ha dir Ma,
a scheane Hose gfunde.

Scho leicht beneblet sag i leis,
i bin auf d’ Mode it so heiß,
do loß i mi it fobbe.
I trag mei Lederhose gern,
die ischt des ganze Johr modern,
und trink für des mein Schoppe.

Rundum z'friede

Auf 'm Balke unterm Giebl
ischt a Neschtle, buschig dick,
schtoht als heitres Lebenssiegl
für a jungs Familleglück.

Noch der lange Bruetzeitschtille,
kommt ins Nescht a Lebe nei,
vier, fünf Schnäbl heißt es fülle,
jeder will zearscht gfuetret sei.

Raschtlos siehscht die Alte fliege,
traget 's Fueter nei ins Nescht,
d' Junge pfeifet aus Vergnüege,
's Fuetre ischt für sie a Fescht.

Alt und Jung sind rundum z'friede,
drum verweil i do gearn schtill.
's gleiche Glück 'm Mensch ischt bschiede,
wenn er it schtets no mehr will.

30 Johr jünger sei

Dir liebe Leit, i bild mir ei,
i mecht mol 30 Johr jünger sei.
Doch wott d' Erfahrung und o 's Wisse
vom heitig Schtand i it vermisse.

Do wär i ledig mea und jung,
bloeß it wie domols ganz so dumm.
I hau zwar gwieß koin Grund zum Lärme,
doch wenn i dra denk, kund i schwärme.

I glob, mei allerearschter Dreh,
des wär a rassigs Schportcoupe,
it koufe, noi, i täts bloeß lease,
do hättet d' Leit an Grund zum Biese.

Die scheaschte Weiber us 'm Gai,
die lad i in mein Schlitte nei,
no fahr i mit 200 Sache
und loß' als Macho deftig krache.

Hätt jeden Tag a anders Weib,
in d' Schpielbank gau zum Zeitvertreib,
due d' Näs in Nachtlokal nei schtecke,
wott glumpet sei grad zum verrecke.

I flieg nach Taiwan und Hawai
und wär bei jedem Schmäh derbei,
i due um mi an Harem schare
und alls was Schpaß macht, bloeß it schpare.

Nix sei, soweit oim d' Haut aufleidt;
des hot grad gfehlt, mir altem Scheidt,
derbei müßts i am beschte wisse,
i brächts it fertig mit meim Gwisse.

I hau bloeß tramt a viertl Schtund,
vo dem, was d' „Obre“ oft so dund.
I, bei am Lebensschtil, am solle,
hätt Angscht, mi tät dr Deifl holle.

Drum war's bloeß a Gedankeschpiel,
mir set derbei mei innres Gfüehl:
Genußsucht bringt koin innre Friede,
drum bin i oh' des grad so z'friede.

Bedauerlich

Es ischt dr Mensch in seiner Art
mol mehr, mol weniger behaart.
Fürs Äußere ischt des a Sege,
drum deand mir d' Hoor entschprechend pfleg

Daß d' Scheaheit dank Frisur au schtimmt,
geits de Friseur mit gschickte Händ,
dea weard mit Gfühl und viel Empfinde,
für jeden Grind des Beschte finde.

Doch ois bedaure i halt schwer,
es geit bis heit it oin Friseur,
dea die Hoor schtutzt, die schpitz wie Droht,
so mancher auf de Zäh dob hot.

D’ Sonne

Was do lebt auf dem Planet,
Mensche, Tierwelt, Pflanze,
gäbs it, wenn’s koi Sonne hätt,
mit ihr lebt des Ganze.

Für de Mensch bedeutet sie
mehr als bloeßig ‘s Lebe,
Wärme, Glück und Harmonie
ka eis d’ Sonne gebe.

Jeder kleine Sonneschtrahl
loßt eis Glück empfinde,
schenkt de Leit in Berg und Tal
Glück und Wohlbefinde.

Doch es geit bei aller Lieb
graue Däg und scheane,
ischt dr Himml amol trüeb,
geit’s koin Grund zum Heane.

Wenn’s mol renget zwischenei,
loeß de Muet it schwinde,
bei am guete Gläsle Wei
kascht o d’ Sonne finde.

D' Haustüer

A jedes Haus, ob groeß, ob klei,
braucht a Haustüer zum dinn Wohne,
drum duet a Blick auf d' Haustüer fei
in jedem Fall sich lohne.

Egal wie d' Bauart und dr Schtil,
ma ka ganz deutle sage,
des Gsicht vom Haus prägt d' Eigangstüer,
bringt d' A'sicht earscht zum Trage.

Aus Holz sott so a Tüer schoe sei,
mit Fenschter, it z'viel Masse,
des wirkt behaglich und lädt ei
und duet zum Allgäu passe.

A so a Tüer ischt wie a Gsicht,
muescht bloeß de Ausdruck kenne,
noch kascht vom Eigner, des täuscht nicht,
ganz guet an Eidruck gwinne.

Oft siehscht es schoe dr Haustüer a,
ob d' herzle wearscht empfange,
ob's rotsam und du besser dra,
so gschwind wie mögle z'gange.

Heit bald no mehr als früehner gilt:
Was siehscht du schoe im Garte,
ischt vom Besitzer ‘s Schpieglbild,
die bescht Visitekarte.

Dur d’ Haustüer goht jeds ei und aus,
sie ka de Pulsschlag gebe,
denn sie loßt rei oder schperrt naus,
dur Tüer schtrömt alles Lebe.

Ladscht Freund du ei, hoscht mol a Fescht,
willscht Gaschtlichkeit bereite,
noch derfscht zum Feire deine Gäscht
dur d’ Tüer ins Haus begleite.

Und wenn ois gau mueß aus deir Mitt,
muescht du an Mensch beklage,
wenn er de letschte Weg a’tritt,
weard er dur d’ Haustüer trage.

Mit Lieb und Schweiß vom Schreinar gmacht,
hilfts Hab und Guet eis schütze,
doch für d’ Begegnung, wohlbedacht,
sollsch’ vorrangig benütze.

Alltägle

Wenn z'moerges früeh bis z'obet schpät
dr Goggelar ums Haus rum kräht,
d' Henne aus 'm Nescht raus gatzget,
d' Küeh beim Wiederkaue schmatzget,
wenn d' Schtroß mit Kuehpflattra vollgsäht,
um d' Näs a scharfe Landluft weht,
und d' Leit an Jammer hand, an dumme,
bischt in a Bauredoerf neikumme.

Triffscht Leit, die recht erhaben sind,
und d' Fedra schtellet samt 'm Grind,
mit Scheck und groeßem Geld bloeß zahlet
und no mit schnelle Autos prahlet,
als Machos saftig Kraut raus land,
und d' ganze Welt schoe gseache hand,
noch hand die letschte oi, zwei Schtunde
„Neureichs" mea mol a Opfer gfunde.

Wenn d' feine Leit beim Esse triffscht,
wo kaum a Wiertshaus guet gnue ischt,
die 's Zehntescht gar it erscht probieret
und noch an allem kritisieret,
beim Zahle noche d' Sau raus land,
obwohl sie's ganz gearn gesse hand,
noch kascht voll Mitleid die vergesse,
do geits dohoim nix Gscheids zum Esse.

Kommscht mit oim zeme, dea recht laut
und schtändig auf de Butz bloeß haut,
dea will de Blick auf sich bloeß lenke,
koim andre a Beachtung schenke,
was andre machet, kritisiert,
verletzle ischt, glei narret wierd,
no kämpft a Kleiner ganz verbisse
um was ihn d' Körpergreaße bschisse.

Findscht du an Menscheschlag voll Gmüet,
dea schtrebsam ischt, sich redle müeht,
wo ma sich eschtimiert, o lobet,
und d' meischte Leit an Herrgott globet,
do wo ma andre hilft und schätzt,
si d' „Guete Zeit“ geit, mitnand schwätzt,
d' Leit trotzdem ganz im Lebe schtandet,
noch bischt ganz gwieß im ALLGÄU glandet.

Längscht überhollet

Dank dr Technik heitzutag
ka dr Mensch in jeder Lag
sich für gar alls intressiere
und kumot sich informiere.

Des isch praktisch und bequem,
doch dr Mensch loßt ganz extrem
vo de Medien sich no lenke
und ischt z' faul zum selber Denke.

Beischpiel geit es do grad gnue,
d' Schuelar, gleich ob Föhl, ob Bue,
findet meischt a Buech zum Kotze,
deand viel lieber Fernseh glotze.

O die Groeße brauchet d' Lischt,
weil koir wetterkundig ischt,
schaltscht de Fernseh ei, die bringet,
ob es schea weard oder ringet.

D' Leit, wo vor eis gwese sind,
hand die Wetterzeiche kinnt,
viel Erfahrung war ihr Wisse,
sie hot no koi Radio bschisse.

Früher war bald jede Frau
sell dr Doktr, grad so schlau,
jedes Heilkraut des bloeß gschtande,
hand zum nutze sie verschtande.

Heit, wenn oin a Fürzle druckt,
jeder glei zum Doktr juckt,
schtatt ma auf d' Natur tät baue,
loscht di mit Chemie versaue.

Duet ma heit a Bauholz um,
scheart si doch koi Mensch mea drum,
daß, wenn mir's vor Silvescht schlaget,
es nie fault, koi Wurm drin naget.

Achtescht do no auf de Mau,
noche kascht di druff verlau,
'ʻs weard kaum schaffe, sich verwinde
und vor allem it entzünde.

Jede Bodefrucht mehr bringt,
pflanzt ma's, wenn dr Mau a'nimmt,
duet a Frucht noch Licht begehre,
pflanz, isch er am greaßer weare.

So ischt viel, des sich bewährt,
heit vergesse, nimm begehrt,
und derbei mueß d' Umwelt bange,
tät noch Schonung schtrikt verlange.

Viel ischt mieß, was heit modern,
und drum sag i allzugern:
Sklave vo dr Technik simmer,
früher waret d' Leit it dümmer.

Freizeitschtreß

Die heitig Zeit ischt prinzipiell
vo Schtreß und Hektik ploget,
denn übrall weard an erschter Schtell
noch G'winn und Leischtung g'froget.

Drum ischt a Schteckepferd it schlecht,
auf des derfscht echt vertraue,
do kascht die Schpannunge vom Gschäft
vergesse und verdaue.

Doch hoscht oi Hobby bloeß, siehchs ei,
kascht di nimm profiliere,
heit bischt bloeß „in", duescht zehnerlei,
glei nebanand trainiere.

Doch büeße mueß im Regelfall
d' Famille, meischt sind's Kindr,
teilt 's Weib no die Intressen all,
weards krass und no viel mindr.

Denn, wenn a Ma vom Schaffe kommt,
no sind scho d' Kind am basse
und hoffet, daß er sich doch prompt
mit ihne weard befasse.

I hau koi Zeit, geits zum verschtau,
und ‘s leidt koi Proteschtiere,
er mueß ins Fitnes-Studio gau,
zum d’ Muschkle Durchtrainiere.

Am nägschte Tag isch ‘s Rennrad dra,
am dritte mueß ma schwimme,
mit Squash und Tennis duet dr Ma
die nägschte Täg sich trimme.

Die Zeit wo bleibt, wearsch unterdes
ganz dringend sonscht no brauche,
somit ka oin dr Freizeitschtreß
scho ganz gewaltig schlauche.

Zwar weard heit d' Freizeit allweil mehr,
und Urlaub geits in Fülle,
doch wea nimmt noch die Zeit scho her
für Kinder und Familie.

Wea ehrlich ischt, set zu dem Fall,
sofern er mit sich offe,
it bloeßeg d' Sportler, noi mir all
sind doch vo dem betroffe.

Ma nimmt für d' Eigene kaum Zeit,
alls andre scheint so wichtig,
erscht wenn was schief goht, merket d' Leit,
was Wert hot und was nichtig.

Mir seachet z'viel, was reizt und gföllt,
drum ka's zu leicht passiere,
daß ma für des, was wirkle zöllt,
de Blick duet leicht verliere.

Bloeß wo ma Zeit findt für anand,
waxt o a rechts Vertraue,
so ka a jedes Hand in Hand,
all Zeit aufs andre baue.

Über d' Wies

Über d' Wies bin i gschprunge,
hau gjusget und gsunge,
es glitzgret dr Tau.
A Bächle rauscht gmüetle,
es klingt fascht wie a Liedle,
dr Himml weiß-blau.

Voer am Wald a schtills Plätzle,
do druckt grad sei Schätzle
ganz innig dr Bue.
Und über dem Pärle
pfeift munter unbeschwerle
a Amsl derzue.

Was isch bloeß in mi gfahre,
i fühl ganz im klare
mi frisch und so jung.
Drum gang in die Wälder,
auf Wiese und auf Felder,
hol Fred dir und Schwung.

Sommerzeit

‘s Scheanschte was es für mi geit,
ischt all Johr mea d’ Sommerzeit,
ka i naus ins Freie schtrebe,
froibt mi oifach dopplet ‘s Lebe.

Z’Moerges früeh schoe barfueß gau
und in Garteteich nei schtau,
dussa glei auf Moerge esse,
Zeit und Pflichta mol vergesse.

Radle über Wald und Feld,
bade gau, so oft es gfällt,
d’ Zeit im Biergarte vertreibe,
zobet recht lang dussa bleibe.

Hocke auf dr Gartebank,
Schoofkopf schpiele bis oir blank,
mol de Fernsehar entbehre,
manches guete Fläschle leere.

Zu am Sommerfeschtle gau,
‘s Esse, Trinke schmecke lau,
schtill betrachte Mau und d’ Schteare,
‘s Alpvieh friedle schelle heare.

Schteaks verschlinge, mehr als recht,
und genieße d' laue Nächt,
zemehocke, mitnand rede,
und mol d' Nachbarschaft mea pflege.

Frischer Hoi- und Blüeteduft,
herrlich laue Obedluft,
Glüehwürmla beim Flug begleite,
froibe über Kleinigkeite.

Nix, wie auf d' Terrasse naus,
Sommerschpaß mit Trank und Schmaus,
und fürs Herz an liebe Mensche,
kascht Dir denn was Scheaners wünsche?

In meim Gärtle

Noch dr Arbat gang i z'obet
geare in mein Garte naus,
denn i hock am Feierobet,
wenn's duß schea ischt, it ins Haus.

Due mit Lieb de Rase pflege,
schneid an Bäum und Hecka rum,
bring mol viel, mol wenig z'wege,
do nimmt mir des koiner krumm.

Jete due i, U'kraut zupfe,
des macht Schpaß, wenn's it pressiert,
gelbe Rüeb und Rete schtupfe,
pflanz manchs Bleamle, wo schea blüeht.

Salat aus 'm eigne Garte,
des ischt 's Beschte was es geit,
und i ka's fascht it verwarte,
bis d' Johannesbeer soweit.

Biokoscht brauch i it kaufe,
denn im Gärtle waxt grad gnue,
ka do duß getroscht verschnaufe,
find Entschpannung, Fred und Rueh.

A Sonnetag

Wenn d' Nacht vergoht zur Moergeschtund,
und 's färbt si langsam 's Himmlsrund
als erschtes Tageszeiche,
no mueß beim kleischte Sonneschtrahl
die Morgedämmrung über'm Tal
ganz gschwind dr Helle weiche.

Es lebt glei auf die ganz Natur,
und gearn loßt jede Kreatur
sich vo dr Sonne gwärme.
Wenn's Universum sich erhellt,
bei jedem Mensch sich d' Fred eischtellt,
do könntescht direkt schwärme.

Lacht d' Sonne hell vom Himmlsblau,
vergißt dr Mensch sei Alltagsgrau,
des 's Lebe duet erschwere.
A Energie de Mensch belebt,
die z'friede macht und 's Gmüet erhebt,
wea will des scho entbehre.

Jeds Bleamle weard, wenn d' Sonne lacht,
verzaubret und ka d' Blüetepracht
in voller Scheaheit biete.
Und wenn sich d' Sonne nimma zeigt,
oder dr Tag sich langsam neigt,
schließt schtill sich jede Blüete.

Verschwindt dr letschte Sonneschtrahl
am Obet über'm traute Tal,
kommt ‘s End fürs Tagesmühe,
noch bringt sie no als roeter Ball
mit letschter Kraft die Bergschpitz all
als Abschiedsgschenk zum Glühe.

Es dämmret, und noch kurzer Zeit
weard d' Nacht die ganze Gschäftigkeit
mit Recht zum Gruebe bringe.
Dean Sonnetag, dea mir beschert,
loß i, weil er nie wiederkehrt,
mit Dankbarkeit verklinge.

Unterm Kriesbrbaum

In dr Boid duß hinterm Dinne
schtoht, solang i mi ka b'sinne,
a altr Kriesbrbaum.
Untr seine Äscht und Blättr
findt ma g'schützt voer Wind und Wettr
a Bank, ma siehcht se kaum.

Muntre Kindr siehscht do schpringe,
sorglos auf dr Bank rumklimme
und wargele im Gras,
kinnet auf der Bank, der alte,
schpielend d' Fantasie entfalte,
und hand de greaschte Schpaß.

D' junge Muetr mit dr Scheße,
die verzöllt 'm Ma wie's g'wese,
wie's oft do g'schpielt als Kind,
wie im Sommr d' Kierscha locket,
wie mas hot genußvoll brocket,
wenn roet und reif sie sind.

D' Austragsleit land hie und wiedr
do sich zu am Schwätzle niedr,
sinnieret Hand in Hand.
Lueget zrugg aufs ganze Lebe,
danket, was es ihne gebe,
für d' scheane Zeit mitnand.

Feierobet

Komm i z'obet noch 'm Schaffe
hoim zur warme Johreszeit,
noche froits mi noch dem Raffe,
daß es jetzt an Schnaufer leidt.

Noch am Arbeitstag, am lange,
zieht's mi in mei Gärtle naus,
wo i's Blüehe siehch und Prange,
grueb i noch der Hektik aus.

Setz mi gmüetle auf Terrasse
und i hol mei Kwetsche hea,
schpiel, und trink derzue a Tasse,
do isch hoimelig und schea.

Klingt 's Akkordeon duß im Garte,
schpiel vom Herz weck, wie's mir gfällt,
ka i nimme mehr erwarte,
do ischt heil mei kleine Welt.

‘s Henneziefer

A Bauer, wo a Sächle hot,
an Schtal und o an Denne,
dea halt si meischtens, wenn es goht,
an Goggl und au Henne.

Wea mächt scho gearn a g’sottes Ei
am Sonntag früeh vermisse,
und schläscht drei, vier in d’ Pfanne nei,
bischt au beschtimmt it bschisse.

Doch schmeckt a Ei o no so guet,
denkscht doch it bloeß ans Esse,
bringt ‘s Henneziefer oin in Wuet,
sind d’ Eir ganz gschwind vergesse.

Weard aufgmacht bloeß dr Henneschtall,
no sind se scho am Schade,
drum platzt ‘m Baur in so am Fall
voar Zoere oft dr Krage.

Will er im Denne Ordnung hau,
so wie ma des erwartet,
no braucht oi Tüer bloeß offe schtau,
scho isch a Feldzug gschtartet.

Se scharret, schtrielet ohne Rueh,
do bleibt nix, wie nes gwese,
und kommt do noch dr Baur derzue,
no flieget meischtens d' Bese.

Do pfludret se beim Denne naus,
daß d' Leit rundrum verschrecket,
kaum schnaufescht recht de Zoere aus,
se mea was Nuis entdecket.

Wea will it gearn im Garte sei,
manchs Weib isch ganz vernarret,
doch findt a Henn bloeß oimol nei,
isch alls im Nu verscharret.

Und schperrsch se in an Maschezau,
daß d' Leit a Rueh mol krieget,
no ka dea gar it hoech gnue sei,
daß it oi drüber flieget.

Der Bauer weiß jetz, was a will,
er set, es isch koi Schade,
mir schtecket d' Henne in de Grill
und kofet d' Eir im Lade.

Landschaftspflegar

Wo's saftig frische Wiese geit
und d' Äckar weit hea glänzet,
wo's waxt und blüeht, a Frucht gedeiht,
sich Feld und Wald ergänzet,
do redd ma vo ar heile Welt,
wo jeder Kraft ka tanke,
doch wea des pflegt und so erhält,
wea macht sich do Gedanke?

Daß es bei eis im ganze Land
schtets greane ka und blüehe,
des danket mir dem Baureschtand,
seim Fleiß und seim Bemüehe.
Denn es verkommt d' scheanscht Gegend
gschwind
und weard glei nix mea zölle,
wenn koir mea mäht und fleißig Händ
deand Feld und Äckar b'schtelle.

Oh d' Baure und oh d' Landwirtschaft
müeßt brach 's meischt Land verkomme,
noch tätet o, trotz Bergespracht,
bald koine Gäscht mea komme.
Ja, wenn's mol kaum no Baure geit,
die Wald und Felder pfleget,
isch amtlich, daß mir eis bei Zeit
'm Abgrund zue beweget.

Drum brauch' mer d' Baure, groeß und kloe,
und it bloeß zum Ernähre,
es derfet it, zwegs Hungerloeh',
no weniger schtets weare.
Drum denket dra, wenn dur Natur
dir glückle uib beweget,
daß d' Baure sind, die Wald und Flur
mit ihrer Arbat pfleget.

Almrausch

Ein Feriengast aus Groß-Berlin
findet das Allgäu plötzlich „in",
denn Berge, Alpen, Hüttenleben
kann mehr ihm als die Großstadt geben.

Daheim frägt dann der Freundeskreis
nach Almenrausch und Edelweiß.
Da meint er: Edelweiß gabs kläglich,
doch „Almrausch" hatte ich fast täglich.

Mea verhollet

A Kurgascht hot a Bergtour gmacht,
a wandret lang, es weard bald Nacht,
noch langem Sueche findt dea Ma
a Hütte, wo a gruebe ka.

Erschöpft und völlig außer Kraft
erbittet er a Bett für d' Nacht.
Do moit die Sennrin, des goht net:
I hob ja bloeß oi oizigs Bett.

Do fleht dea Kurgascht voller Schmerz,
und schoe erweicht ihr guetes Herz.
Sie moit, wenn's brav sind, lieget sie
glei neb meim Bett an Bode hie.

Sie hot's noch o mit ihm rischkiert,
doch wie's ihn nachts ganz fürchtig friert,
do schluift dea Kurgascht ohne Gfrett
zur Sennrin nei ins warme Bett.

Sie hot a Herz und ka's verschtau,
drum hot sie ihn o gwärme lau,
doch noch am Weile fangt dea Ma
im Bett dinn plötzle 's Wuehle a.

Was suechen's, frogt sie ohne Scherz?
Ach ja, ich such ihr gutes Herz.
Do moint sie, o du dummer Tropf:
Des isch it 's Herz, des isch dr Kropf.

Hüttezauber

Im scheane Allgäu, bunt und weit,
geits auf de Berg seit langer Zeit
die Hütta, wo ma's Alpvieh findet,
was von ar heile Welt no kündet.

Zu jeder Hütte gheart a Schtal,
do ka noch im Schlechtwetterfall
dr Hiert sei Vieh voer Unheil schütze,
doch heit duet ma's oft anderscht nütze.

So Hütta sind im ganze Gai
schoe lang für d' Gäscht dr letschte Schrei.
Wo d' Schtube war und Schtal samt Dinne,
ischt meischt Lokal heit, nimm zum kinne.

Voer Johr hot do dr Senn und Hiert
a Käsbrot und o d' Mill serviert,
und heit, weil d' Leit in Schare komme,
weard jedem tüchtig 's Geld a'gnomme.

Wo früehner d' Baure Hand in Hand
verzöllt und Liedle gsunge hand,
a Klampfe gschpielt, ma gmüetle g'sesse,
schpringt heit dr Ober rum wie b'sesse.

Mit Gschäftigkeit und Sucht auf Gwinn
goht leider d' Gmüetlichkeit dahin.
Do könntscht tatsächle traurig weare
und laut dr alte Zeit nochbleare.

Überraschung

Dr Urlaub ka ganz zweifelsfrei
dohoim scho o recht pfundig sei,
vorausgsetzt isch, daß Pla' und Wille
sich decket o mit dr Famille.

Lohnende Ziele geits grad gnue,
und weil grad 's Wettr paßt derzue,
hollet mir eisre Wanderbosse
und sind marschiert, so wie beschlosse.

Mir loffet auf a nette Alp,
wo es it bloeß für Rind und Kalb
ebbas Saftigs geit zum Fresse,
wo's o geit Getränk und Esse.

A Schtund sind mir scho fascht marschiert,
bis eis a Schild noch informiert:
Koin Ausschank gäb es auf der Hütte,
derbei hand mir scho so verlitte.

Mir überleget rum und num,
jetz umkehre ischt o saudumm,
drum loff mer weiter, fascht mit Zoere,
denn 's Ziel hot ja sein Reiz verloere.

A halbe Schtund jetz no verschtreicht,
bis durschtig mir des Ziel erreicht.
Do hocket d' Leit all voller Wonne
mit volle Gläser in dr Sonne.

Es geit o gnue für eisern Durscht
und für de Hunger Käs und Wurscht.
So ischt, wo mir de Muet verloere,
d' scheanscht Urlaubsüberraschung woere.

Die scheanschte Zeit

Im Sommr, des ischt gar nix Neus,
do goht es ziemle rund bei eis,
weil d' Kurgäscht eiser Landschaft möget
und Wert auf Gaschtfreundschaft o leget.

Sie kommet, weil nes bei eis gföllt
und bringet nebebei a Geld,
drum sind im Tal und auf dr Heache
trotz Rumml alle Gäscht gearn gseache.

Sind d' Kurgäscht noch im Herbscht mea weit,
kommt für d' Vermietar d' scheanschte Zeit.
Do weard dr Gwinn ohne Malesse
verlebt, versoffe und verfresse.

Eiser Schweizar-Käs

Es ischt im ganze Land bekannt,
wie schea's mir doch im Allgäu hand,
wo andre Leit sich Urlaub gönnet,
des schlicht mir eiser Hoimat nennet.

Bei eis geits Schlösser, Berg und Sea
und alls, was it grad blüeht, ischt grea,
und für de Gaume samt dr Kehle,
kascht guete Leckarla empfehle.

A Fred für jede Kennar-Näs
ischt eiser gueter Schweizar-Käs.
Ganz frisch vom Laib, so ischt er 's Wahre,
do kascht dr 's Brot wahrhaftig schpare.

Was i do sage mueß und will,
dea glingt it mit ar „Silo-Mill",
guets Hoi und Gras deand Plattform lege,
sonscht bringscht koin Emmentaler z'wege.

Beim Baur a Sorgfalt mit'm Vieh
und Sauberkeit sind Garantie,
daß noch o Käsars Künschte greifet
und Laib mit feiner Würze reifet.

Mit Hingab heagschtöllt und ganz frisch
vom Laib weck gschnitte auf ‘m Tisch
ischt eiser Käs mit Rang und Name,
fürs Allgäu d’ allerbescht Reklame.

Denn it bloeß d’ Gegend schpricht für eis.
Allgäuer Tüchtigkeit und Fleiß
liegt klar und deutlich über’m Rahme,
drum hot heit ‘s Allgäu so an Name.

‘s Allgäuer Braunvieh

Wem ‘s Herz für eiser Allgäu schlägt
und wea erwähnt, was ‘s Allgäu prägt,
nennt neb dr Landschaft, die recht edel,
natüerle o d’ Allgäuer Mädel.

Des sind die Bescht vo weit und breit,
doch will i ohne Eitlkeit
o andre Damen it vergesse,
die hierzuland sind vo Intresse.

Sie nimmet ei an bsondre Rang,
verbreitet meischt an scheane Klang,
sind leischtungsmäßig „Superklasse“:
eiser „Allgäuer Braunviehrasse“.

Sie schenkt eis all in reicher Füll
die würzig, guete, gsunde Mill,
und Felder, Wiesa, krumm und ebe,
duet eiser Vieh schtilecht belebe.

A frische Weid, a zfriedes Vieh,
was ischt des für a Harmonie,
wenn d’ Schella bimmlet hell beim Fresse,
a friedvolls Bild, it zum vergesse.

‘s ganz Allgäu wär bloeß halb so schea,
tät es it eisre Alpa gea,
wo friedle grasnet Küeh und Schumpe
und ‘s Wasser trinket aus ‘m Gumpe.

Und hand se gnue, lieget’s ins Gras,
sie kauet mit am riese Schpaß,
und d’ Vögl, Schpatze, Amsla, Schtare
umschwirret sie derbei in Schare.

Wie d’ Leit, so prägt o d’ Kueh dr Kopf,
drum sott ma ihr noch altem Zopf
it oifach nimme ihre Hoere,
denn o a Kueh will manchmol goere.

Denn bloeß mit Hoere ischt a Kueh
earscht schea und fotogen derzue,
drum knipst ma d’ Küeh o allweil wieder,
denn so a Kueh lueget nie zwidr.

Bei eis schtellt ‘s Vieh und d’ Leit fürwahr
samt Landschaftsbild a Einheit dar.
‘s ischt grad a Fred, des zum beschreibe,
drum lands wie’s ischt, so soll es bleibe.

So a Jammr

Earscht amol hau i beim Loffe
Schueschtarbaure Martl troffe,
froge kurz bloeß wie es goht,
wie's um d' Kind samt Baursgschäft schtoht.

's kommt mir voer als hätt er masseg
auf mei Frog direkt scho basset,
denn dr Jammr schprudlet voer
wie aus am Kanoneroehr.

Nix mea kaascht als Baur verdeane,
's Wettr ischt huir o zum Heane,
's Weib, die hot de Haxe a,
d' beschte Kueh lott d' Mill nimm ra.

D' Oma hot ma auf Kaufbeure,
und dr Bue isch z'nix zum Heire,
d' Föhl hot's Reite bloeß im Grind,
und vertwoerfe hot a Rind.

D' Schlachtpreis sind a Kataschtrofe,
a nuis Auto sott i koofe,
's kommet kaum no Urlaubsgäscht,
d' Säu gand druff an Schweinepescht.

Bloeß wegs deane schlampig Brite
weard ma's Rindfleisch bald verbiete,
nix mea goht wegs BSE,
bald heißts: „Baureschtand ade".

Kofscht an Bulldogg, zahlscht di damisch,
Fendt ischt jetz „amerikanisch",
's Millgeld goht scho wiedr ra,
d' Kälbla bringscht jetz o nimm a.

In dr Rentekasse Ebbe,
Schtuira zahlet mir wie Deppe,
übrall Lug und Trug und Schmuh,
i wähl nimma CSU.

D' Baure müeßet all vergante,
Aussiedlar und Asylante
schiebt mas voen und hinda nei,
do sollscht it bluetnarret sei.

Endlos d' Arbeitsloselischte
und mir schuftet bis in d' Kischte.
I moi fascht, i brauch an Schtrick:
Noi, - i gang in d' Politik.

Z’viel Sege

Dr Baur hot Lescht mit seine Küeh,
sie wend und wend it trage,
wie’s gar nimm duet, trotz aller Müeh,
duets er ‘m Pfarrar sage.

Mit Weihwasser und mit Talar
ischt noch dr Pfarrar komme,
er hot de Schtal und d’ Leit sogar
in sei Gebet nei g’nomme.

A halbs Johr druff hot d’ Geischtlichkeit
de Baur noch wieder g’froget,
ob ihn des Übl noch der Zeit
jetz alleweil no ploget?

Ihr Bete, set dr Baur, haut hie,
denn d’ Küeh traget jetz alle,
bloeß ischt dea Sege neb ‘m Vieh
o auf mei Tochter gfalle.

Nuie Soerga

A Baur sei ischt heit nimme leicht,
ganz anderscht isch die Sach vielleicht,
weard Baugebiet dei Scholle.
Denn noch verkofscht dei Länderei,
do kascht als Baugrund noch derbei
viel mehr als brauchscht rausholle.

Dei Gwisse plogt die weg dem it,
denn du hilfscht ja entscheidend mit
an Wohnnoetschtand vermeide.
Bei dr Kommune schtohscht guet do,
bischt bald a bsonders gschätzter Ma,
den mancher duet beneide.

Doch in dr Nacht im Bett, verschtohscht,
wo d' früher recht guet gschlofe hoscht,
do schtoeßt dr's auf wie Galle.
Do fürchscht, oir, dea dir neidig ischt,
oder vielleicht a Terrorischt,
dea könnt di überfalle.

A Kueh, a blöde

Dir liebe Leit, jetz loset zue,
i bin a Allgäu-Braunvieh-Kueh,
mir gohts it schlecht, hau nix zum Klage,
des will i heit de Leit mol sage.

Im Sommer schtand i brettlesbreit
im Freie auf dr frische Weid,
hau gnue zum Fresse und zum Trinke,
i ka mir gar nix scheaners dinke.

Im Winter komm i in mein Schtaal,
wear gfuettret, frier auf gar koin Faal,
und o die Euter-Melk-Massage
duet richtig guet, des mueß i sage.

Siehch i do d' Leit mit ihrem Schtreß,
mit Hektik, Gschprang und söllem Käs,
noch ka i von am Glück bloeß rede
und bin ganz gearn „a Kueh, a blöde".

Dr Flitzer

A Baur fährt kürzle mit seim Weib
in d' Stadt amol zum Zeitvertreib
und 's Städtle zum ergründe.
Do sieht er plötzle unverhofft
an Flitzer, dea ganz nackat lofft
und glei druff mea verschwinde.

Er set zum Weib und nimmt's beir Hand,
i moi, 's isch besser wenn mir gand,
daß eis koir ka erschpähe.
Was woll'mer länger no do hinn,
do ischt beschtimmt, wie i des kinn,
's Finanzamt in dr Nähe.

Viehscheid

Weards mea Hörbscht bei eis umnand,
noch kommt d' Zeit, wo hierzuland
d' Baure 's Vieh vom Berg mea hollet
und derbei gscheid feire wollet.

Rundgau duets an so am Tag,
alle schpringet schoe im Trab,
d' Muetr mueß gschwind d' Zeit no nutze,
Vattrs Flüglhoere putze.

D' Föhl, die schluift ins Deandl nei,
will mea d' Allerscheaschte sei.
Högschte Zeit isch, ma sott gange,
Sui weard vor 'm Schpiegl hange.

Übrall schtandet d' Leit scho a,
jeder dränglet voene na,
auf de Zäu dob siehcht ma's sitze,
wie se filmet und deand knipse.

D' Musig schpielt und lofft voeraus,
d' Schumpe jucket, desch a Graus,
schpringet d' Musigar beim Laufe
fascht vo hinte übre Haufe.

D' Kranzrind wearet voeraus gfüehrt,
sauber rausputzt isch dr Hiert,
schtrahlt, daß jeder d' Fred ka schpüere,
sie duet 's Deandl präsentiere.

D’ Schumpe ma in ‘d Viehweid treibt,
weil ma jetz no länger bleibt,
so ka ‘s Ziefr jetz verjucke,
Er und Sui a Bierle schlucke.

Jetze schpielt d’ Kapelle auf,
d’ Feirerei nimmt ihren Lauf,
ma duet esse, trinke, singe,
und begeischtret Moßkrüeg schwinge.

D’ Kurgäscht zahlet, was o koscht,
d’ Bäure hebt no ‘s Glas zum Proscht,
reif wär bald dr Baur zum Gruebe,
d’ Föhl, die lagglet mit de Buebe.

Noch drei Schtund im Element,
suecht dr Vattr jetz sein Fendt,
nomol Freibier bringt a Schpendar,
au dr Nochbaur hot an Zündar.

Bis dr Baur bloeß d’ Schumpe findt,
ob er’s wohl no alle kinnt,
endle sind se dinn im Wage,
jetz bloeß hoim, sonscht geits an Schade.

I gang noit, so set dr Bue,
denn es gheart a Hock derzue,
alle gföllts heit, ja, ‘s ischt wohr,
die froibts scho mea aufs nägschte Johr.

Alpabtrieb

D’ Schumpe kommet vo dr Alp
jetz hoim zu ihre Baure,
es siehchts dr Baur und wohl o ‘s Kalb
meischt ernscht und mit Bedaure.

Dr Baur, dea hot sei liebe Noet,
wo soll er’s unterbringe,
er mueß voer Engedei im Schtaal
scho übers Jungvieh klimme.

De Schumpe schtinkt es o fürwohr,
die hots auf heit it blanget,
weil sie jetz ‘s nägschte halbe Johr
mea an dr Kette hanget.

A minders Hoi geits bloeß, a mieß,
do kriegscht ja lahme Glieder,
und o dr Baur ischt mea ganz gwieß
wie frühner sear und zwidr.

I ka’s als Schumpe it verschtau,
ma duet nix Guets it heare,
all Johr a Kälble soll mer hau
und nix wie gmolke weare.

Ja, d’ Alp, des war a tragbars Loes,
beim Baur hoscht bloeß de Zoere.
I frog mi, worum bi grad i
a sölles Rindvieh woere.

Im Herbst

‘s Loba färbt si, küehl isch ‘s Wettr,
d’ Lärchenodle fallet a,
und im Herbschtwind flieget Blättr
federleicht an Bode ra.

D’ Vogelbeer sind zum Verlocke,
d’ Äschtle, die verhebets kaum.
Äpfl wartet no aufs Brocke,
leuchtet hell und roat vom Baum.

D’ Küeh, die suechet ‘s letzte Gräsle,
‘s weard im Reiffe alt und klei.
Und im Wald duss, Fux und Häsle,
richtet für de Winter ei.

Viele Bäum sind schoe am Kahle,
und der Nebl bleibt it aus.
Doch die kleischte Sonneschtrahle,
leuchtet d’ Welt wie golde aus.

All des Schaffe, all des Welte,
hot a End und isch mol gnue.
Was noit dau isch, des mueß gelte,
deckt dr Schnea jetz bald schoe zue.

Heilkräutle

‘s soziale Netz in eiserm Schtaat
ischt beischpielhaft, und in dr Tat
ka jeder, dea an Schmerz duet schpüere
mit Recht de Doktr konsultiere.

Des hot beschtimmt sei Richtigkeit,
doch leider ischt im Lauf dr Zeit
manchs Heilrezept, auf des ma gschwoere,
verschwunde und vergesse woere.

Die Heilkraft vo am jede Kraut
war eis als Kind beschtens vertraut,
denn all die Kräutle, bittre, süeße,
hand mir für d’ Muetter sammle müeße.

Bei Hueschte, Grippe, Heiserkeit
hilft Huflattich zu jeder Zeit,
und wenn Patiente schwitze sollet,
ma Lindeblueh für den Zweck hollet.

Brennessl-Tee, dea reinigt ‘s Bluet,
ischt o zum Wassertreibe guet,
und trinkscht an Tee vo Arnika,
heilt d’ Wunde gschwind und sauber a.

Bei Nerveschmerze, Hautausschlag,
ischt 's Beschte a Hoibloemebad,
kascht di weg Kolik nimm bewege,
hilft dünschtet Hoibloema auflege.

Am Finger- oder Iglkraut
ma bei ar Bluetvergiftung traut,
o Magekrämpf und bease Wunde
loßt 's Iglkraut ganz gschwind mea gsunde.

An Bärwurz-Tee trinkt ma fürs Herz,
an Nelkewurz bei Mageschmerz,
mit Bergwurz-Saft kascht 's Asthma mindre,
's Walderdbeerblatt duet Durchfall lindre.

Schtoht Rheuma, Gicht, Verschtopfung an,
trink Tee vom Blatt des Löwenzahn,
und wea sich brennt hot soll dergege
a Holderblatt auf d' Brandschtöll lege.

Schpitzwegrich-Tee mit Honig nimmt
de schlimmschte Hueschte ganz beschtimmt.
Wenn Kind trotz gueter Schpeis it groetet,
Schpitzwegrich-Saft die Alte roetet.

Fascht jeden Schmerz und jedes Weh
kascht lindre mit Kamille-Tee,
a Feal wo eitret kascht dinn bade
und 's heilt o gschwind an bleade Mage.

Macht ma an Schwarze Rete hohl
und füllt des noch mit Kandis voll,
kascht mit dem Saft oh übertreibe
sogar de Keuchhueschte vertreibe.

Wenn ma amol recht Halsweah hot,
arg heiser ischt, oin d' Schtimm verlott,
noch hilft an Bluetwurz-Tee aufgieße
und ihn mit echtem Honig süeße.

Vom Schachtelhalm, do nimmt ma 's Blatt,
wenn's Bluet it guet und d' Niere matt,
und deand di Glenkschmerze traktiere,
muescht Ringlbloeme-Salb neischmiere.

Bei Darm- und Mageleide traut
ma sicher aufs Johanniskraut,
o Galle-, Leber-, Niereleide
kascht mit Johannis-Öl vertreibe.

Vo Schofgarbe an Tee im Leib,
duet heit no guet am jede Weib,
deand Krampfodra dir d' Füeß verschandle,
hilft guet mit Beinwellsalb behandle.

So hot dr Herrgott ohne Frog
a Kräutle gschenkt für jede Plog,
und die zum nutze sie verschtandet,
bloeß halb so oft beim Doktr landet.

Verhocket

Dr Schießschport, ja, dea ischt für viel
des A und O im Lebe,
voerausgsetzt ischt, ma trifft ins Ziel,
i sell schieß meischt dernebe.

Weil i ganz gearn in Gsöllschaft bi
und nette Leit mi locket,
bi i earscht kürzle wieder hi
und pfeilgrad recht verhocket.

Wahrscheinle war oi Bierle schlecht,
des do mein Durscht hot g'schtillet,
dr Hoimweg war a schwierigs G'fecht,
mi hot's barbarisch drillet.

Jetz find i earscht de Schlüssl noit
und mueß mei Weib rausleite,
i hau it 's Gfühl, daß die si froibt,
i glob, die will heit schtreite.

Versoffes Mannsbild, hot sie g'faucht,
bischt du denn no zum rette,
derbei hots mi doch e' so g'schlaucht
und Schimpfwort, lauter nette.

Jetz sott i halt die Schteffl nauf,
mei Zueschtand weard rasch mindr,
i hock mi na und komm nimm auf,
es dreht sich d' Schtieg samt Glindr.

Kaum bin i drimslet in mei Bett,
gohts mea im Kreis, bockgräußle,
jetz ahn i schoe glei 's nägschte Gfrett,
i mueß sofort aufs Häusle.

So g'schwind i ka, ins Kloo i saus,
was muescht it alls vertrage,
jetz wills übrall auf oimol raus:
I hau mi wacker g'schlage.

Kaum, daß i in mei Bett mea find,
heißt's aufschtau, so a Jammr,
es schlöt und poltret in meim Grind,
wie bei am Presslufthammr.

A eiskalts Wasser mi erfrischt,
putz d' Zäh, des schmeckt zum Fude,
koi Wunder, was i do vertwischt,
war schließle d' Handcremtube.

Zum Esse brauch i nix dean Dag,
verheerend ischt dr Katr,
doch weil i schuldig an der Lag,
ertrag i des Theatr.

Nie mea an Rausch und so a G'frett,
hear i mi appelliere,
doch ischt es mea amol recht nett,
mecht i nix garantiere!

Die eigene Norm

Bei allem was dr Mensch so duet,
seim Schaffe und seim Schtrebe,
ischt für ihn 's Gwisse auf dr Huet
und set ihm schtill was schlecht, was guet,
als Leitpfad für sei Lebe.

Doch oftmols ischt die Gwissensschtimm
recht leicht zum überheare.
Denn hot dr Mensch a Sach im Sinn,
noch will er sich o meischtens nimm
ums Gwisse arg viel scheare.

Ma siehcht, fascht jeder macht und schtellt
sich sell so seine Norme.
Was er für guet und richtig hält
und was ihm sell so paßt und gfällt,
duet als sei Gsetz er forme.

Ob weltlich oder Gott-Gebot,
koi Mensch will gearn entbehre.
So richt sich's jeder recht kumot
und hofft, daß noch seim Lebenslot
er derf mol selig weare.

Des sind d' Johr

Nimmets mir it übl, Leit,
i wott denn vo Zeit zu Zeit
übre eigne Schatte schpringe
und d' ganz Welt verreiße kinne.
Leider mueß i öfter seah,
's ischt mit mir nimm so weit hea,
's Alter duet schoe an mir nage:
Des sind d' Johr, do hilft koi Klage.

Zwar mach i mir sell oft Schwung,
sag all Tag: „Du bischt no jung!"
D' nägscht Minute schoe kundscht grolle,
loffscht in Kealar, willscht was holle,
kaum bischt unda, noch di frogscht,
was denn jetza wolle hoscht,
's ischt vergesse, drum muescht sage:
Des sind d' Johr, do hilft koi Klage.

Manchmol bleibt oim nix verschpart,
fahr i earscht in Supermart,
wollt was kofe zum Verschenke,
doch dohoim mea, kasch ja denke,
trag i Haufe Gruschtzuig rei,
was i wollt war it derbei.
's Weib, die grinst, mir kochts im Mage:
Des sind d' Johr, do hilft koi Klage.

Mit de Jährla, des ischt klar,
siehcht ma leider o nimm rar,
triffscht mol Leit, wo d' siehscht it tägle,
noch, wenn d' Glück hoscht, kennscht se klägle,
doch dr Name, 's derf it sei,
fällt dr wie verhext it ei.
Sind se weck, noch kommts wie gschlage:
Des sind d' Johr, do hilft koi Klage.

Kürzle wollt mer zwei Däg weck,
kriegt beim Fahre 's Weib an Schreck:
Hau i wohl de Heard ausgschaltet?
Noch am Weile mir brav haltet,
keahret um bloeß weg dem Mischt,
trotzdem klar war, daß nix ischt,
hand die Zweifl it ertrage:
Des sind d' Johr, do hilft koi Klage.

Wenn oin amol d' Gsundheit schlaucht,
leidr ma Tabletta braucht.
Do schtoht druff, pro Tag zwei Pille,
mehr sind schädle, um Gotts Wille,
noch hoscht z'Obet all Tag 's Gfrett,
hau i's z'moerges gnumme g'hett?
Menschenskind, do bischt doch gschlage:
Des sind d' Johr, do hilft koi Klage.

Soll amol ebbs zwischenei
guet verwahrt und aufg'hebt sei,
nocha wearscht koi Müeh it schpare,
suechscht an Platz zum guet Verwahre.

Brauchscht des noch amole gschwind,
hoscht des Plätzle nimm im Grind,
suechscht verzweiflet, due's ertrage:
Des sind d' Johr, do hilft koi Klage.

Earscht amol war's ganz extrem,
hoffentlich geit's koi Problem,
denn a superblonde Biene,
die umarm i aus Routine.
Schpäter merk i, au, au, au,
Mensch, des war gar it mei Frau.
Hoffentlich weard 's Weib bloeß sage:
Des sind d' Johr, do hilft koi Klage.

Due langsam

Ois ischt gschpässig heitzutag,
tägle hearscht schoe bald die Klag,
daß ma ka koi Rueh mea finde,
jeder ischt heit bloeß am Schinde.

Alle raggret noch ‘m Geld,
koir kriegt gnue mea auf dr Welt,
„Zeitlau“ ischt a Fremdwoert woere,
Gmüetlichkeit ischt längscht verloere.

It amole für d’ „Guet Zeit“
nimmet heit „derweil“ no d’ Leit,
und ma fürcht trotz Wünsch, recht fromme,
könntscht ins Hintertreffe komme.

Leider ischt bei jedem Ziel
Egoismus mit im Schpiel,
denn mir Leit sind bloeß am Renne,
um sich „Extras“ leischte z’ kenne.

Meischt ischt des a Wohlschtandsgruscht,
dea Begier bloeß weckt und Gluscht,
doch a grenzenlos’ Begehre
loßt de Mensch it glückle weare.

Drum due langsam, bleib mol schtau,
mueschtja doch it gar alls hau,
doch für des weard dir noch ‘s Lebe
anderweitig meaner gebe.

Scheckheft

Dr Ludwig Dumm aus Hinterkar
zahlt bishea alls was kommt in bar,
bis d' Bankleit ihm gekonnt erkläret,
daß heit bloeß Schecks des Wahre währet.

A Fachmann bringt ihm noch o glei
de Umgang mit 'm Scheckheft bei,
noch dem goht er und kauft im volle
all des, was er scho lang hot wolle.

Erfüllt sich sell, dr Frau, de Kind
an jede Herzenswunsch, ganz g'schwind,
doch bald hot d' Bank wegs greaßrem Schade
de Ludwig ins Büro sich g'lade.

Mensch, bischt verruckt, du hoscht u'gloge
30 Mille 's Konto überzoge:
Do moit dr Sell ganz ohne Schreck:
Des ischt it schlimm, do kriegscht an Scheck.

D’ Gautsche

Soll a Schtube g’müetle sei,
hoimelig für groeß und klei,
noche muescht noch meim Empfinde
a netts Kanapee dinn finde,
wo für Ahle, Kind und Kätzle,
schlicht für alle ischt a Plätzle.

So a Gautsch am Ofe det,
findet alle fürchtig nett,
do kascht hocke oder liege,
zärtle di ans Weib na schmiege,
kascht sinniere oder gruebe
oder in a Buech nei luege.

Kearscht zum Früehschoppe du ei
und vertwischt z’viel Bier derbei,
noche liegscht wie a zahms Schäfle
du auf d’ Gautsche zu am Schläfle,
bis mea klar dr durschtig Koege
und dr Schwips mea ischt verfloge.

D’ Kind, und sind se o no klei,
findet d’ Gautsche fürchtig fei,
kaum, daß sie recht loffe kinnet,
sie aufs Kanapee nauf klimmet,
‘s Klettre bitzlets und o ‘s Gutsche
oder über d’ Lehne rutsche.

Gmüetle ischt es, wo a Katz
auf dr Gautsche hot an Platz.
Und wenn di mol Grippe ploget,
ischt a so a Gautsche g'froget,
und sogar zum Versla Dichte
ka i schlecht auf sie verzichte.

I moi fascht, die bescht Idee
ischt und bleibt mei Kanapee.
Niemols mecht i d' Gautsch vermisse,
denn sinniere druff, muesch wisse,
schtimmt mi heiter und so zfriede
und zum Glück ischt sie verschwiege.

Wertgfüehl

Heit gohts fascht jedem bei eis guet,
ma lebt und braucht kaum schpare.
Satt lebe gearn a jeder duet,
drum seachmer aus wie Mill und Bluet,
do simmer eis im klare.

Doch wenn fürs Geld ma gar alls kriegt,
mir leicht zu Undank neiget.
Wea denkt schoe, wenn vol Gluscht beim Wiert
d' Bedienung a Menü serviert,
an die, wo des erzeuget.

An d' Baure, die mit Müeh und Fleiß
deand Feld und Äckar bschtelle.
Wea überlegt schoe beischpielsweis,
wea Salat a'baut für a Schpeis,
ans Gmües und an sei Quelle.

Wea hot, wenn er a Brot raschneidt,
beim Koere schoe d' Gedanke?
Wea denkt an Bäck- und Müllersleit
und hot für a Gebet no Zeit,
'm Schöpfar kurz zum danke?

Wenn d' gar alls kriegscht, was 's Herz begehrt
lott 's Wertgfüehl noech im Innre.
Drum isch wohl Zeit und nie verkehrt,
an die, dur die des mögle weard
ganz kurz mol zum erinnre.

A kurzer Vorsatz

Dr Nazebaur hot Johr und Tag
trotz Flehe und trotz Bitte,
de Nochbaur gscheart in jeder Lag
und grausig mit ihm gschtritte.

Doch plötzle gohts ihm nimme guet,
dr Doktr duet scho mahne,
es goht berga', sind auf dr Huet,
es duet si 's End a'bahne.

Ma holt de Pfarrer noch ins Haus,
dea redt ihm arg ins Gwisse,
jetz söhn di mit deim Nochbaur aus,
des muescht als Chrischt doch wisse.

Es hand ihn noche all mitnand
ganz fürchtig bettle müeße,
noch reicht 'm Nochbaur er sei Hand,
duet wirkle Friede schließe.

Dr Nochbaur bleibt a halbe Schtund,
beim Gau set Naz verhalte,
des merket uib, wear i mea gsund,
bleibt aber alls beim alte.

Danke

Dr Mensch ischt laufend intressiert,
daß er sich schtilvoll präsentiert,
will zeige, was er ischt und hot
und o auf welchem Rang er schtoht.

Doch, was in jedem vo eis schteckt,
dr wache Mensch recht bald entdeckt,
wenn ma mit freiem Herz und Muet
bloeß mit de Leit an Schwätzar duet.

Dr Wortschatz nämle, den ma pflegt,
ischt des, was eis ganz deutle prägt,
denn 's Rede zeiget u'verwischt
klar, wessen Geischtes Kind ma ischt.

Manchs nuie Woert dringt eis ans Fell,
meischt englisch, des ischt aktuell,
derbei, und des ischt wirkle schlimm:
Des Wörtle „Danke" findscht fascht nimm.

Es zeigt beim Mensch wo danke ka,
menschliche Größe ganz klar a,
dr Dank, dea kommt vo inna raus,
schtrahlt Herzlichkeit und Wärme aus.

Dr Dank ischt mehr als bloeß a Woert,
er ka o sichtbar sei voer Oert,
wenn beischpielsweis a Säugling lacht
und so sein Dank schoe sichtbar macht.

So weard dem klar, wo überlegt,
daß ‘s „Danke“ eis in d’ Wiege glegt,
doch es verfliegt bei jedem Kind,
wenn d’ Eltre it derhinter sind.

Es liegt an ihne ganz bestimmt,
daß ma jeds Kind zum Danke „trimmt“,
daß it alls selbstverschtändle weard,
was ma im Lebe „Guets“ erfährt.

Wenn ma guet schloeft die ganze Nacht
und z’Moerges wieder frisch erwacht,
dr deckte Tisch, Geborgenheit
ischt alls koi Selbstverschtändlichkeit.

Des mueß im Kind schoe vo ganz klei
dur d’ Eltre fescht verwurzlet sei.
Und wenn sie’s selbr voerglebt hand,
hot des a Lebe lang Beschtand.

A solcher Mensch kennt nie koin Neid,
wirkt angenehm auf alle Leit
und meischtret ‘s Lebe unbeschwert,
weil er o sell viel Dank erfährt.

A Lob im richtige Moment
und Dankbarkeit sind ‘s Fundament
für a intakte, heile Welt,
wo Menschlichkeit no wiegt und zöllt.

November

Die scheane Herbschtdäg sind vorbei
und o dr warme Sonneschei
mueß jetz ‘m Nebl weiche.
Was die Natur so bunt entfacht
nimmt dr November jetz mit Macht,
wohl als vergänglichs Zeiche.

Koi Vogl pfeift, dr Wald ischt leer,
und d’ letschte Bleamle sind im Gfrear
a’gschtande und verfroere.
Wie kahl die Laubbäum jetz bloeß sind,
veroinzelt flattret no im Wind
a Blättle ganz verloere.

Es zeiget d’ Welt sich kahl und trischt
und wie vergänglich doch alls ischt
kascht mehr als sonscht empfinde.
Drum gand d’ Gedanke wie im Wind
zu Mensche, die nimm bei eis sind
und helfet überwinde.

Ma überlegt und weard ganz leis
und denkt o im Famillekreis
an die, die nimme lebet.
D’ Gedanke o zu deane gand,
die d’ Krieg it überschtande hand,
für Gwalt ihr Lebe gebet.

Dr elfte Monat bringt fürwohr
koi Höhepunkte mea im Johr,
doch des hot o sein Sege.
Ma findt noch all der Hetz und Hascht
grad im November Rueh und Rascht
und Zeit zum Überlege.

Dr earschte Schnea

Schoe wuchaweis deand meine Kind
mir an de Nerve reibe,
sag Papa, was mir wisse wend?
Wenn fangts bloeß a mit „Schneibe“.

Letscht Wuche war es noch soweit,
schoe früeh sind d’ Kind do gschprunge,
hosch gseache, Papa, wie nes schneibt
und hand voer Fred glei gsunge.

Noch sind se naus in frische Schnea
und jucket voller Frede,
so weich und sauber ischt alls mea,
a völlig nuis Erlebe.

I lueg a Weil und hau mir denkt:
Die Fred, die kascht bloeß ahne.
Des Glück wo do d’ Natur verschenkt,
ka Menschehand it plane.

Winterzeit

Übrall leidt alls voller Schnea
d' Wiese, sonscht so frisch und grea,
hand sich jetz dr Rueh verschriebe,
Berg und Tal sind tief verschniebe.

Jedes Liechtle, klei und schwach,
glänzt und schpieglet tausetfach,
'‘s Bächle ziert in seim Gefilde
jetz a kunschtvolls Eisgebilde.

Dussa herrscht a heilge Rueh,
‘s Wild kommt mea auf d’ Häuser zue,
d’ Vögela, die muntre Koge,
sind fascht all in Süde g’floge.

Bloeß no Meisla, Amsl, Schpatz
dränglet jetz am Fuetterplatz,
längscht hand d’ Igl scho ihr Plätzle
wo si schlofet jetz a Gsätzle.

Alls ischt sauber und so frisch,
daß a Fred zum Luege isch,
jedes Bäumle hot a Leible,
jeder Pfähl a nobls Häuble.

Knischtre duets voer Kälte rauh,
und dr Himml ischt so blau,
schtill im winterliche Reige
siehscht vom Bach de Dunscht aufschteige.

Bei der Kälte suecht sich d’ Katz
hinterm Ofe ihren Platz,
und dr Vattr weard verschwiege
öfter auf dr Gautsche liege.

D’ meischte Fred vo Alters hea
hand die Jüngschte duß im Schnea.
Wenn mir eis a Rueh verlobet,
d’ Kind am liebschte dussa tobet.

Schie - Heil

Es war a scheaner Wintertag
und Schnea geits gnue in jeder Lag,
drum denkt si d' Rosi so ganz schlau,
heit due i nix und mach mol blau.

Sie schnallt aufs Auto ihre Schie
und fährt zum Hahnekamm glei hie,
no wedlet sie mit Schpaß drauf los,
findt 's Lebe schea und so famos.

Am Nochmittag, weit dob am Hang,
verschpüerts an arge Blosedrang,
doch denkt sie sich trotz Bauchwehqual,
i komm ganz gwieß no na ins Tal.

Doch halbe dund, do war es aus,
sie halt's ganz oifach nimme aus,
a bissle abseits vo de Leit
hot sie sich vo dem Druck befreit.

Des Schicksal nimmt jetz glei sein Lauf,
no vor sie d' Hose bringt mea nauf,
do kommet d' Schie mit ihr in Fahrt,
a dummer Schturz bleibt it erschpart.

Es endet noch für sie dea Fall
mit brochner Hand im Hospital,
wo sie im Gang glei neb 'm Lift
an Herr mit frischem Gips a'trifft.

Sie froget, weil sie's intressiert,
wie ihm des Missgeschick passiert,
do moit er, o du liebe Zeit,
so blöd, wie's des koi zweitsmol geit.

I weiß, sie globet mir des nie,
i fahr am Hahnekamm dob Schie,
do kreuzt a Weib mein Weg ganz rasch,
hot d' Hose dund, mit blankem Arsch.

I siehchs und denk, mi laust dr Aff,
verfolg des Phänomen ganz baff,
do haut es mi auf d' Welt glei na,
des Weib war furt, dr Haxe a.

Die Rosi war jetz arg schockiert,
sie hot sich aber it blamiert,
wünscht bloeß Genesung, kurz a Grueß
und goht, weil sie sonscht lache mueß.

A Hand voll Glück

Wie jeden Obet, so au heit,
goht ‘s Müeterle ins Bett bei Zeit.
Sie will die Junge halt it hiere,
und in dr Kamer det sie’s friere,
drum isch für sie dr greaschte Sege,
wenn sie sich ka zum Schlofe lege.

Im Haus, do goht’s no gschäftig zue,
so findt des Ahle no koi Rueh.
Sie bsinnt im Bett sich an Advent,
es ischt, als ob a Kerzle brennt,
es kommt ihr vor, es wär im Zimmr
a Kranz aus Does im Kerzeschimmr.

Drumrum, do hocket wie gebannt
ihr Kinderschar und loset gschpannt.
Dr Kleischte findt no gschwind a Lucke
und duet sich an sei Muetr drucke,
und sie verzöllt, all schpitzlet d’ Ohre,
wie Gott a Menschekind isch woere.

So ganz versonne, halb im Traum,
sieht klar sie jetz an Lichterbaum.
Glei nebedra, am alte Bänkle,
do leidt für jedes Kind a Gschenkle,
it viel, doch schtrahlet Aug und Herze
so hell, grad wie vom Bäumle d’ Kerze.

Sie sieht wie jedes Kindle lacht,
noch goht es naus in ‘d heilig Nacht.
Jetz loffet all dr Kierch entgege
und bittet ‘s Christkind um sein Sege,
sie heart, wie hoimzue d’ Glöggle klinget,
mitnand all Weihnachtsliedle singet.

Wie schpielet jetz die Kind so nett,
und wie sie’s Jüngschte duet ins Bett,
do hot sie’s gschwind no zu sich gnomme.
In dem Moment, do isch ihr komme,
daß grad des sinnliche Erlebe
voer 40, 50 Johr mol war ihr Lebe.

Und noch der kurze Seligkeit
verschpüert sie jetz a Herzeleid.
Die Kleine, die sie recht erzoge,
sind längscht scho aus ‘m Nescht ausgfloge.
Sie weard nimm braucht - drum bleibt im Innre
a Hand voll Glück, - des isch ‘s Erinnre.

Chrischtbaumerlebnis

Wenn ‘s Johr ‘m End entgege goht,
und ‘s Chrischtfescht vor dr Haustüer schtoht,
no derfscht it erscht am letschte Moerge
für d’ Schtube no an Chrischtbaum bsoerge.

Genau so hot dr Märtl denkt,
er ‘s Auto gege ‘s Achtal lenkt
und findt an Baum, an wunderscheane,
sei Weible weard voer Fred glei heane.

Zum Auto bringt an und bindt z’letscht
behutsam ihn am Schtändar fescht.
Noch so am Fund, wea ka’s verdenke,
mueß ma im Faal (Gasthaus in Pfronten) a Halbe trinke.

Wie er in Rueh sei Bierle trinkt
und gar nimm an den Chrischtbaum denkt,
hand ihm zwea „Freund“ ganz u’verhole
doch glatt des scheane Bäumle gschtohle.

Doch daß dea Gaunerakt voll glückt,
do hand sie ihm zur Tarnung gschickt,
wie er so trinkt in froher Runde,
an wüeschte, kähle Baum naufbunde.

Ganz ahnungslos bringt er voll Fred
dean Baum dr Frau, die schimpft, bischt blöd,
warscht zearscht beim Wirt und hoscht recht gsoffe
und noch bischt um an Chrischtbaum gloffe.

Vor ‘m Heilig Obet

Gohts ‘m Johresend entgege,
weard es feschtle, duß und hinn,
d’ Weihnachtszeit bringt Fred und Sege
und mir d’ Kinderzeit in Sinn.

Hand die Däg voer ‘m Heilig Obet
d’ Eltre hoile was verschteckt,
hätt ma niemols dernoch gfroget,
wohl aus Ehrfurcht und Respekt.

Kam verschniebe mit am Bäumle
hoim dr Vattr, war eis klar,
daß er ganz beschtimmt jetzt heimle
grad beim Christkind selber war.

Nie möcht i des Glücksgfühl misse,
des eis d’ Weihnachtszeit verschönt,
denn dea Globe, ohne Wisse,
hot des Fescht erscht richtig krönt.

Dr Kalendar

Loset Leit, deand überlege,
‘s Johr goht mea ‘m End entgege,
und do kommet im voraus
mehr Kalendar in jeds Haus.

Sie wend ‘s „Nuie Johr“ scho bringe,
während ‘s „Alte“ mueß verklinge,
drum weard mehr do überlegt,
weil es jeden Mensch bewegt.

Alle Monat, Wuche, Schtunde
sind do sauber anand bunde,
und a jeder wünscht und hofft,
daß es guet für ihn verlofft.

Du kascht zwar ‘s ganz Johr verplane,
doch dr Herrgott loßt it ahne,
wie er’s hot für di beschtimmt,
ob er gea will oder nimmt.

Drum due nutze deine Schtunde,
weil koi Tag, ja koi Sekunde
vo deir kurze Lebensfrischt
oimal wiederholbar ischt.

‘s Bescht druß mache und bedenke,
Fred und Lieb nie Zeit verschenke.
Noch kriegts „Nuie Johr“ an Sinn,
und ‘s weard jeder Tag zum Gwinn.